Paula Furtado

DESENROLA, TATU-BOLA

Ilustrações de Carol Juste

tatuzinho querido

GIRASSOL

NUM LINDO JARDIM,
VIVE UMA TURMINHA QUE É SÓ SORRISOS.
UMA FAMÍLIA DE TATUS-BOLINHAS
BRINCALHONA,
    ALEGRE E
        CHEIA DE AMIGOS.

PAPAI BOLA,
   MUITO INTELIGENTE E LEGAL.

MAMÃE BOLOTA,
   SEMPRE SORRIDENTE.

BOLA JÚNIOR,
   O MAIS VELHO E RADICAL.

E BOLETE,
   A FILHA ADOLESCENTE.

NÃO PODEMOS ESQUECER O BOLINHA,

DA FAMÍLIA É O CAÇULINHA.

VIVE GRUDADO NA SAIA DA MAMÃE BOLOTA.

BRINCA SOZINHO, NÃO TEM COMPANHIA.

GOSTA DE INVENTAR HISTÓRIAS RECHEADAS DE MAGIA E FANTASIA, COM MONSTROS, VILÕES, DRAGÕES E, CLARO, UM HERÓI PARA SALVAR QUEM ESTIVER EM PERIGO.

MAS QUEM?
ELE NÃO TEM NENHUM AMIGO.

NA ESCOLA, O MESMO ACONTECIA...

BOLETE E JÚNIOR TINHAM MUITOS AMIGOS,
ERAM MUITO POPULARES.
MAS O BOLINHA NÃO TINHA A MESMA FACILIDADE
EM FAZER NOVAS AMIZADES.

COM MEDO DE SER REJEITADO
NA ESCOLA, SEMPRE SE ISOLAVA.
SE OLHAVAM PARA ELE, FICAVA CORADO.
SE FALAVAM COM ELE, NA BOLA SE ENROLAVA.

A PROFESSORA TENTAVA
ENTURMÁ-LO COM OS OUTROS ALUNOS.
MAS, QUANDO MENOS ESPERAVA,
PARA LONGE DELES SUA BOLA ROLAVA.

OS AMIGOS TENTAVAM CHAMAR SUA ATENÇÃO,
MAS BOLINHA NEM OLHAVA PARA O LADO.
NEM SABIA QUE QUERIAM CONHECÊ-LO,
POIS VIVIA MAIS ENROLADO QUE UM NOVELO.

OS RECREIOS SOZINHO **PASSAVA**
E EM SUA PRÓPRIA BOLA **QUICAVA**.
MAS AQUILO NÃO **BASTAVA**,
DE UM AMIGO **PRECISAVA**.

CONVERSOU COM PAPAI BOLA
PARA AJUDÁ-LO A TER AMIGOS NA ESCOLA.
ERA CHATO FICAR SOZINHO,
QUERIA TER UM AMIGUINHO.

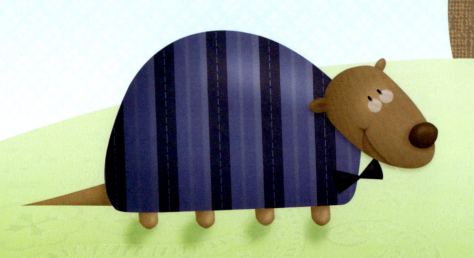

PAPAI FALOU QUE AJUDARIA,

MAS QUE ELE PRECISARIA SE ESFORÇAR.

NECESSITAVA URGENTEMENTE

PARAR DE SE ISOLAR.

TALVEZ INVENTAR UMA BRINCADEIRA

PARA PODER SE ENTURMAR.

BOLINHA PROMETEU QUE IRIA TENTAR.

UM DIA, NO RECREIO,
ENCHEU-SE DE CORAGEM.
CHEGOU PERTO DA TURMINHA
E CHAMOU-OS PARA BRINCAR.
ENROLOU-SE NA BOLINHA
E COMEÇOU A PULAR.

A CRIANÇADA ANIMADA
PERGUNTOU COMO JOGAR.
BOLINHA ENSINOU QUEIMADA
E FOI A BOLA DA JOGADA.

DEPOIS BRINCARAM DE ALERTA,
DE VÔLEI E FUTEBOL.
BOLINHA ERA SEMPRE A BOLA,
E O JUIZ, O CARACOL!

MAS NÃO ERA SÓ NAS BRINCADEIRAS DE BOLA QUE ERA CHAMADO PRA BRINCAR.

BOLINHA ERA UM BOM AMIGO PARA QUALQUER HORA E LUGAR.

BOLINHA É UM ALUNO INTELIGENTE
E MUITO CAPRICHOSO.
AJUDA NAS TAREFAS
POR SER MUITO ESTUDIOSO.
AMIGO CONFIDENTE
E NOS ESPORTES, HABILIDOSO.
ADORA CONTAR PIADAS
E DIVIDIR SEU LANCHE GOSTOSO.

QUE TATUZINHO BONDOSO!

FORA DA ESCOLA
TAMBÉM É MUITO DIVERTIDO.
NINGUÉM PODIA IMAGINAR
QUE ESTE TATU-BOLA
FOI UM DIA MUITO TÍMIDO.

BOLINHA AGORA QUER ENSINAR
O SEGREDO DE SUA MUDANÇA.
PARA AMIGOS CONQUISTAR,
É PRECISO A TIMIDEZ ENFRENTAR.

SE QUISER SE ESCONDER,
NOVOS AMIGOS NÃO VAI TER!